KB043169

가장 넓은 길은 언제나 내 마음속에

양광모

시인. 경희대 국문과 졸업. 보편적이고 근원적인 삶의 정서를 일상의 언어로 노래하고 있다. 푸르른 날엔 푸르게 살고 흐린 날엔 힘껏 살자고.

SBS, KBS, MBC, JTBC, YTN, CBS, TBS, TV조선, 한겨레, 경향신문, 중앙일보, 동아일보, 한국일보, 세계일보, 서울신문 및 다수의 언론방송에 시가 소개되었으며 양하영, 허만성, 안율, 이성하, 이연학 등 여러 가수에 의해 시가 노래로 만들어졌다.

대표시 101 『가슴 뭉클하게 살아야 한다』 외에 독자들에게 가장 많은 사랑을 받은 시집 『한 번은 시처럼 살아야 한다』, 필사 시집 『가슴에 강물처럼 흐르는 것들이 있다』, 사랑시 선집 『네가 보고 싶어 눈송이처럼 나는 울었다』 등 여러 권의 시집을 출간하였다.

azus39@naver.com

청춘을 다독이는 일상의 언어

가장 넓은 길은 언제나 내 마음속에

양광모

푸른길

● 시인의 말 ●

살아가는 일은
자주 막막하거나 먹먹합니다.

눈과 어둠으로 길을 잃어버려
이곳저곳 허둥지둥 두리번거리거나
우두커니 제자리에 멈춰서 방황해야만 하는 날들이 있죠.

그런 날들일수록
묵묵히 빗자루를 들고 눈을 치우며 나아가세요.
가장 넓은 길은 언제나 내 마음속에 있으니까요.

꺾이지 않는 힘과 용기를 얻을 수 있도록
이 시집에 실린 시들을 그 길 위에 뿌려드립니다.

걱정 마세요.
미래는 우리의 상식을 초월하는
아주 놀랍고 경이로운, 너무나 신비한 미지의 대륙이니까요.

● 차례 ●

시인의 말 __5

I. 어둠을 만나면 어둠을 개고

눈물 흘려도 돼 __13
바닥 __14
소나무를 생각한다 __15
작은 위로 __16
살아가는 일이 어찌 꽃뿐이랴 __17
그대 아시는지 __18
라면 __19
꽃화분 등에 지고 __20
슬픔이 강물처럼 흐를 때 __21
봄 __22
별빛을 개어 __23
겨울 나목 __24
그대 가슴에 어둠이 밀려올 때 __25
비양도 __27
와온에 가거든 __28
가슴 뭉클하게 살아야 한다 __29
그 길 __31

II. 가장 넓은 길은 언제나 내 마음속에

나보다 더 푸른 나를 생각합니다 ___37
살아 있는 한 첫날이다 ___38
아직은 살아가야 할 이유가 더 많다 ___39
희망 ___40
가장 넓은 길 ___41
봄은 어디서 오는가 ___42
인생 ___43
멈추지 마라 ___44
민들레 ___45
해바라기 ___46
7월의 시 ___47
분수噴水 앞에서 ___48
별 ___49
심장이 두근거린다면 살아 있는 것이다 ___50
나는 배웠다 ___52

III. 함께 손잡고 걸어가기를

어느 날 길 위에 멈춰 서서 __57
동행 __58
사람은 무엇으로 사는가 __59
안부를 묻다 __60
괜찮냐고 __61
참 잘했네 그려 __62
미움이 비처럼 쏟아질 때 __63
용서 __64
용서 하나 갚겠습니다 __65
행복의 길 __66
청춘의 체온 __67
청춘의 꿈 __68
비 오는 날의 기도 __69
눈 내리는 날의 기도 __71
운명이 비켜 갈 때까지 __73
누군가 물어볼지도 모릅니다 __74

Ⅳ. 오늘이라는 눈부신 시간을

별로 살아야 한다 __77
행복 __78
아깝다 __79
새해 __80
2월 예찬 __81
3월이 오면 __82
마음살이 __83
가장 큰 가난 __84
눈부시다는 말 __85
반하다 __86
소금꽃 __87
국수 __88
그냥 살라 하네 __89
하루쯤 __91
별에 당첨되다 __92
하동에서 쓰는 편지 __94

저자의 편지 – 수험생, 학부모님께 __96

I

어둠을 만나면 어둠을 개고

눈물 흘려도 돼

비 좀 맞으면 어때
햇볕에 옷 말리면 되지

길가다 넘어지면 좀 어때
다시 일어나 걸어가면 되지

사랑했던 사람 떠나면 좀 어때
가슴 좀 아프면 되지

살아가는 일이 슬프면 좀 어때
눈물 좀 흘리면 되지

눈물 좀 흘리면 어때
어차피 울며 태어났잖아

기쁠 때는 좀 활짝 웃어
슬플 때는 좀 실컷 울어

누가 뭐라 하면 좀 어때
누가 뭐라 해도 내 인생이잖아

바닥

살아가는 동안
가장 밑바닥까지 떨어졌다 생각될 때

사람이 누워서 쉴 수 있는 곳은
천장이 아니라 바닥이라는 것을

잠시 쉬었다
다시 가라는 뜻이라는 것을

누군가의 바닥은
누군가의 천장일 수도 있다는 것을

인생이라는 것도
결국 바닥에 눕는 일로 끝난다는 것을

그래도 슬픔과 고통이
더 낮은 곳으로 흘러가지 않는다면

이제야말로 진짜 바닥이라는 것을

소나무를 생각한다

사는 게 힘에 부친다
싫은 날엔

바위를 뚫고 자라는
소나무를 생각한다

그 뿌리가 겪었을
절망과 좌절을 생각한다

거대한 벽 앞에 부딪쳐
털썩 주저앉고 싶었으나
끝끝내 밀고 나갔던
그의 외로움과 두려움을 생각한다

그만큼은 아니지
그만큼도 아니면서, 생각한다

작은 위로

아무도 울지 않는 밤은 없다*
오늘 그대가 운다면
그것은 그대의 차례

한 번도 눈물 흘러내린 적 없는 뺨은 없고
한 번도 한숨 내쉬어 본 적 없는 입은 없고
한 번도 고개 떨궈 본 적 없는 머리는 없다

오늘 그대가 잠들지 못한다면
그것은 그대의 차례
모두가 잠든 밤은 없다

*이면우, 「아무도 울지 않는 밤은 없다」, 『아무도 울지 않는 밤은 없다』, 창비

살아가는 일이 어찌 꽃뿐이랴

봄이면 꽃으로 살고
여름이면 파도로 살고
가을이면 단풍으로 살고
겨울이면 흰눈으로만 사는
생이 어디 있으랴

어떤 날은 낙화로 살고
어떤 날은 낙엽으로 살고
어떤 날은 얼음으로도 살아야 하는 것

그런들 서럽다 말아라
때로는 밀물로 살고
때로는 썰물로 살 수 있나니

그대 아시는지

꽃을 아름답게 피우는 건
햇볕이지만

꽃을 향기롭게 피우는 건
별빛인 것을

꽃처럼 산다는 거
열매를 맺으려
일생을 애쓰는 일임을

그대 이미
꽃처럼 살고 있음을

라면

딱딱하게 배배 꼬인 놈이
세상에서 가장 부드러운 면발로 변해
어느 가난한 입에 부러울 것 없는 미소를 짓게 하기 위해서는
한 번은 반드시 펄펄 끓는 물에 들어갔다 나와야 한다

生이여, 알겠지?

꽃화분 등에 지고

삶이 짐짝 같은 거라고는
짐작도 못 했는데
그 짐짝 속에서도
어여쁜 꽃 피어난다는 걸
진작에 알았더라면
짐짝 조금 무겁다기로
징징 투덜대지는 않았으리
꽃화분 등에 지고
꽃바구니 어깨에 이고
가자 생이여,
가난한 세상에 꽃 나르러

슬픔이 강물처럼 흐를 때

슬픔이 강물처럼 흐를 때
차라리 나는 깊은 강이 되리

슬픔이 파도처럼 밀려올 때
차라리 나는 넓은 바다가 되리

슬픔이 절벽처럼 찔러 올 때
차라리 나는 높은 산이 되리

그러면 끄떡없지
그러면 아무 일 없지

슬픔이 아무리 큰들
내 생보다야 더 크겠나

입술 지그시 깨물고
꿀꺽 목 넘겨 그 슬픔 삼키리

그러면 끄떡 없지
그러면 아무 일 없지

봄

어둠이 아니라 빛을 봄
어제가 아니라 내일을 봄
미움이 아니라 사랑을 봄
내가 아니라 우리를 봄

비바람 불고 눈보라 치는 날에도
나의 눈에는 언제나 봄

별빛을 개어

빨래를 개어
옷장에 넣어 두듯

마음을 개어
고요한 곳에 모셔 두었다가

어둠을 만나면 어둠을 개고
슬픔을 만나면 슬픔을 갤 일이다

사람아,
생의 겨울이 와도
눈보라쯤은 거뜬히 이길 수 있도록

아침이면 햇살을 개고
밤이면 별빛을 개어
우리 가슴 한편에 따듯이 모셔 둘 일이다

겨울 나목

알몸으로도
겨울 이겨 내는
네 삶 눈부셔라

한 백 년쯤이야
하늘 높이 쭉쭉
가지 뻗으며 살아야 한다고

헐벗은 가슴으로도
둥지 한두 개쯤
따뜻이 품으며 살아야 한다고

눈 내리면 눈꽃 피우며
봄이 아니라 겨울을
열렬히 살아야 한다고

너는 아무런 말 없이도
알몸으로 눈시울 뜨겁게 만든다

그대 가슴에 어둠이 밀려올 때

자신을 사랑할 수 없을 때
존중하라

타인을 존경할 수 없을 때
세상에 대해 분노가 느껴질 때
살아가는 일이 무의미하게 느껴질 때
미래에 대해 어떠한 희망도 발견할 수 없을 때
존중하라

그대 자신과
그대가 살아온 삶을
그대가 살아갈 삶을
타인과 타인들이 살아가는 방식을
세상이 그대에게 보여지는 모습 그대로를
더욱 존중하라

누구라도 사랑만으로 살아갈 순 없나니
그대 가슴에 불이 꺼지고
고통과 슬픔, 절망과 회한의 어둠이 밀려올 때
그대를 둘러싼 모든 것을 더욱 힘껏 존중하라

이 세상 그 어떤 고난도
그대를 땅에 넘어뜨리지 못하리니
장미와 사자, 소금과 황금, 친구와 적
그리고 자신의 영혼을 스스로 존중할 줄 아는 자에게
영원한 천상의 평화가 있다

비양도

비양도에 가서 알았다
생의 절반은 일몰이라는 것을
낮 세 시면 이미 뱃길이 끊어져
어쩔 줄 모르고 파도에 제 몸을 숨기는 섬
소주 한 병을 비울 시간이면
얼굴 가슴 손 발을 모두 어루만질 수 있고
소주 반 병을 비울 시간이면
어깨에 앉아 제주라는 섬을 바라볼 수 있는 곳
보다가 가장 작은 섬은 가장 큰 대륙
보노라면 가장 큰 대륙은 가장 작은 섬이었기에
생의 절반은 일출이라는 것을
비양도를 떠나며 뱃멀미처럼 나는 앓았다

와온에 가거든

노을 몇 점 주우러 가는 도로에
촘촘한 간격으로 설치된
수십 개의 과속방지턱을 넘으며
상처란 신이 만들어 놓은
생의 과속방지턱인지도 모른다 생각해 보았다
서두르지 말고 천천히 가야 한다는

느릿느릿 도착한 와온 바다,
엄지손톱만 한 해가 수십만 평의
검은 갯벌을 붉게 물들이며
섬 너머로 엉금엉금 지는 모습을 보자면
일생을 갯벌 게 구멍 속에서 지내도
생은 좋은 일만 같았다

그대여, 와온에 가거든
갯벌 게 구멍 속에 느릿느릿 들어앉았다 오라
밀물이 들기까지 생은 종종 멈추어도 좋은 것이다

가슴 뭉클하게 살아야 한다

어제 걷던 거리를
오늘 다시 걷더라도
어제 만난 사람을
오늘 다시 만나더라도
어제 겪은 슬픔이
오늘 다시 찾아오더라도
가슴 뭉클하게 살아야 한다

식은 커피를 마시거나
딱딱하게 굳은 찬밥을 먹을 때
살아온 일이 초라하거나
살아갈 일이 쓸쓸하게 느껴질 때
진부한 사랑에 빠졌거나
그보다 더 진부한 이별이 찾아왔을 때
가슴 더욱 뭉클하게 살아야 한다

아침에 눈 떠
밤에 눈 감을 때까지
바람에 꽃 피어
바람에 낙엽 질 때까지

마지막 눈발 흩날릴 때까지
마지막 숨결 멈출 때까지
살아 있어, 살아 있을 때까지
가슴 뭉클하게 살아야 한다

살아 있다면
가슴 뭉클하게
살아 있다면
가슴 터지게 살아야 한다

그 길

내일은
해가 뜨지 않을 것이다
내일은
오늘처럼 흐리거나
내일은
오늘보다 더 거센 비바람이
몰아닥칠 것이다

비가 그쳐도
무지개는 뜨지 않을 것이다
어디서도
기적이 일어났다는 소문은
들리지 않을 것이며
밤은 길고
외롭고
가야 할 길은
여전히 어둡고 멀 것이다

어쩌면 행운의 여신은
우리를 향해 미소 짓지 않을 것이다

어쩌면 승리의 함성과 환희는
우리의 몫이 아닐 것이다
어쩌면 우리는 성공이라는 정상에
도달하지 못할 것이며
그토록 간절하게 소망했던 꿈들은
가슴속 깊이 묻어 둔 채
어쩌면 세상과 아쉬운
작별을 고해야 할지도 모를 것이다

그렇지만 우리는
비탄과 상심에 사로잡혀
길 위에 주저앉아 있지는 않을 것이다
오히려 이렇게 반문할 것이다
인생에서 정녕 놀라운 일은
자신의 삶과 꿈을
절대로 포기하지 않았다는
사실이 아니라
한 번뿐인 자신의 삶과 꿈을
너무나 쉽게 포기하고 말았다는
사실 아니냐고

우리는 또 이렇게 말할 것이다
절망이라는 왼손이
땅을 가리키면
희망이라는 오른손은
하늘을 향해 높이 뻗겠다고
두려움이라는 왼발이
뒷걸음치면
용기라는 오른발은
앞을 향해 힘껏 내딛겠다고

그리하여,
희망이 절망을 이끌고
용기가 두려움을 이끌고
신념이 운명을 이끄는
삶을 살겠다고 말할 것이다

누군가에게
위대한 영웅이 되는 것은
인간으로서 추구해 볼 만한 목표지만
스스로에게

부끄럽지 않은 사람이 되는 것은
인간으로서 지켜야 할 책임이라고 말할 것이다

어쩌면 내일은
해가 뜨지 않을 것이다
바람 불거나
비 내리겠지만
우리는 묵묵히 길을 걸어갈 것이다
그 길이
우리가 걸어가야 할 길이므로

Ⅱ

가장 넓은 길은 언제나 내 마음속에

나보다 더 푸른 나를 생각합니다

나보다 더 힘든 사람을 생각합니다
나보다 더 가난하고
나보다 더 병들고
나보다 더 고독한 사람을 생각합니다

나보다 더 애쓰는 사람을 생각합니다
나보다 더 힘을 내고
나보다 더 밝게 웃고
나보다 더 눈물을 참는 사람을 생각합니다

나보다 더 힘껏 살아가고
나보다 더 삶을 사랑하고
나보다 더 푸른 나를 생각합니다

살아 있는 한 첫날이다

살아 있는 한 첫날이다
사랑하는 한 첫사랑이요
기다리는 한 첫눈이다

어제는 흘러간 강물
내일은 미지의 대륙
오직 오늘만 내 손 안에 있나니

살아 있는 한 마지막 날이다
사랑하는 한 마지막 사랑이요
기다리는 한 마지막 눈이다

아직은 살아가야 할 이유가 더 많다

아직은 살아가야 할 이유가 더 많다
아직은 포기할 수 없는 꿈이
아직은 가슴 뛰는 아침이
아직은 노래 부르고 싶은 밤이
아직은 사랑해야 할 사람이 더 많다

살아 있다는 것은
살아가야 할 이유가 있는 것
살아간다는 것은
살아가야 할 이유를 완성하는 것

아직은 떠나야 할 여행이
아직은 잊고 싶지 않은 추억이
아직은 다시 만나고 싶은 사람이
아직은 미워할 수 없는 것들이 더 많다*

*정진규, 「고향에 가서」, 『몸詩』, 세계사

희망

한 줌 한 줌
빛을 퍼뜨리며

조금씩 천천히
절망을 헤쳐 내는 것이다

밤을 이기는 것은
낮이 아니라 새벽이요

어둠을 이겨 내는 것은
한낮의 태양이 아니라 새벽 여명이다

가장 넓은 길

살다 보면
길이 보이지 않을 때가 있다
원망하지 말고 기다려라
눈에 덮였다고
길이 없어진 것이 아니요
어둠에 묻혔다고
길이 사라진 것도 아니다
묵묵히 빗자루를 들고
눈을 치우다 보면
새벽과 함께
길이 나타날 것이다
가장 넓은 길은
언제나 내 마음속에 있다

봄은 어디서 오는가

아직은 살아 볼 만한 세상이라고
해마다 꽃들이 다시 핀다
젖은 마음은 햇살에 말리고
웃음꽃 한 송이 얼굴에 싱긋 피우면
사람아, 너는 봄의 고향이다

인생

자주
막막하고

이따금
먹먹해도

늘
묵묵하게

멈추지 마라

비가 와도
가야 할 곳이 있는
새는 하늘을 날고

눈이 쌓여도
가야 할 곳이 있는
사슴은 산을 오른다

길이 멀어도
가야 할 곳이 있는
달팽이는 걸음을 멈추지 않고

길이 막혀도
가야 할 곳이 있는
연어는 물결을 거슬러 오른다

인생이란 작은 배
그대 가야 할 곳이 있다면
태풍 불어도 거친 바다로 나아가라

민들레

어딘들 못 살랴
질기고 쓴 것이 목숨이더라

짓밟히고 짓밟혀도
흙에 바짝 몸 붙이고
꽃대 높이 하늘로 치켜세워
마침내 노란 희망 담담히 피워 낸다

은빛 우주 한 채 지었다가
그마저도 바람 불면 허물어 버리고
다시 뿌리내릴 새 땅 찾아 날아가니

어딘들 못 가랴
버리고 비우면 날개더라

해바라기

우리가 생의 어느 날에
몹시 비에 젖는다 해도
가슴에 해바라기 한 송이
노랗게 피우며 살 일이다

비 오는 날에도
힘껏 허공을 밀고 올라가는
해바라기의 꽃대를 기억하며
바람 부는 날에도
고개를 떨구지 않는
해바라기의 얼굴을 기억하며

우리가 생의 어느 날에
몹시 바람에 흔들린다 해도
가슴에 해바라기 한 송이
하늘 높이 피워 두고 살 일이다

7월의 시

신도 아시는 게다
이때쯤이면 새해를 맞으며
정성껏 칠한 마음속 무지갯빛 꿈이
반쯤 벗겨진다는 걸

잊지 말라고
벌써 반이 지났다고
희망과 열정으로 다시 덧칠하라고
7월이다

일곱 번 쓰러져도
여덟 번 일어나면 된다고
일 년에 한 번밖에 만나지 못하는
견우와 직녀도 결코 포기하지 않는다고
우리의 꿈과 사랑을
무지갯빛으로 다시 덧칠하라고
7월이다

분수噴水 앞에서

높이 올라야
멀리 퍼질 수 있다는 것을

정상이
절정을 의미하지는 않는다는 것을

상승보다 하강이
더 아름다울 수 있다는 것을

무지개를 피워 내는 것은
물기둥이 아니라 물보라라는 것을

가장 낮은 곳으로 내려왔을 때
다시 솟구쳐 올라가야 한다는 것을

너에게 인생의 분수를 배운다

별

나를 바라보며
소원을 빌지는 마

어둠 속에서도
스스로 빛나는 사람이 되어야 해

꽃도 동굴 속에 갇혀 있다
혼자 피어나는 거란다

심장이 두근거린다면 살아 있는 것이다

눈물이 '핑' 돈다면
살아 있는 것이다
코끝이 '찡' 하다면
살아 있는 것이다
가슴이 '뻥' 뚫린 것 같다면
살아 있는 것이다

어깨를 '활짝' 펼 수 있다면
살아갈 수 있는 것이다
주먹을 '불끈' 쥘 수 있다면
살아갈 수 있는 것이다
두 발을 '성큼' 내딛을 수 있다면
살아갈 수 있는 것이다

보아라!
슬픔을 이겨 내기 위해서도
두 배의 낱말이 필요하지 않느냐
삶의 희망 또한 두 배의 절망쯤은
거뜬히 이겨 내어야 진흙 속에서도
연꽃처럼 피어나느니

심장이 '두근'거린다면
살아 있는 것이다
심장이 '두근두근'거려야
한세상 뜨겁게 살아갈 수 있는 것이다

나는 배웠다

나는 몰랐다

인생이라는 나무에는
슬픔도 한 송이 꽃이라는 것을

자유를 얻기 위해 필요한 것은
펄럭이는 날개가 아니라 펄떡이는 심장이라는 것을

진정한 비상이란
대지가 아니라 나를 벗어나는 일이라는 것을

인생에는 창공을 날아오르는 모험보다
절벽을 뛰어내려야 하는 모험이 더 많다는 것을

절망이란 불청객과 같지만
희망이란 초대를 받아야만 찾아오는 손님과 같다는 것을

12월에는 봄을 기다리지 말고
힘껏 겨울을 이겨 내려 애써야 한다는 것을

친구란 어려움에 처했을 때 나를 도와줄 수 있는 사람이 아니라
어려움에 처했을 때 내가 도와줘야만 하는 사람이라는 것을

누군가를 사랑해도 되는지 알고 싶다면
그와 함께 밤하늘의 별을 바라보면 된다는 것을

어떤 사랑은 이별로 끝나지만
어떤 사랑은 이별 후에야 비로소 시작된다는 것을

시간은 멈출 수 없지만
시계는 잠시 꺼둘 수 있다는 것을

성공이란 종이비행기와 같아
접는 시간보다 날아다니는 시간이 더 짧다는 것을

행복과 불행 사이의 거리는
한 뼘에 불과하다는 것을

삶은

동사가 아니라 감탄사로 살아야 한다는 것을

나는 알았다

인생이란 결국
배움이라는 것을

인생이란 결국
자신의 삶을 뜨겁게 사랑하는 법을 깨우치는 일이라는 것을

인생을 통해
나는 내 삶을 사랑하는 법을 배웠다

Ⅲ

함께 손잡고 걸어가기를

어느 날 길 위에 멈춰 서서

어느 날 길 위에 멈춰 서서
이미 지나온 길을 바라볼 때
가슴에 꽃 한 송이 피어나기를

어느 날 길 위에 멈춰 서서
아직 걸어가야 할 길을 바라볼 때
가슴에 태양 하나 떠오르기를

그러나 그 어느 날도 아닌
바로 오늘 길 위에 멈춰 서서
먼 길을 걸어가는 사람들을 바라볼 때
가슴에 사랑 가득 샘처럼 솟아오르기를

함께 손잡고 그 길을 걸어가기를

동행

손을 잡고 함께 걸어갈
사람이 있다는 건
얼마나 따뜻한 일인가

팔짱을 끼고 함께 걸어갈
사람이 있다는 건
얼마나 가슴 뛰는 일인가

바람은 불고
꽃은 지고
지구는 빠르게 도는데

어깨동무를 하고 함께 걸어갈
사람이 있다는 건
얼마나 든든한 일인가

고마웠노라 행복했노라
이 세상의 일 마치고 떠나는 날
작별의 인사 뜨겁게 나눌 사람 있다면
그의 인생은 또 얼마나 눈부신 동행인가

사람은 무엇으로 사는가

여름비 쏟아지는 이른 아침
달팽이 한 마리가 비를 맞으며
한 시간에 5m의 속도로
아파트 옆 하천 산책로를 기어가고 있다
그 옆에 쭈그리고 앉아
두 개의 더듬이, 그리고 나선형 껍데기에 관한
은유와 상징을 더듬거려 보다가
당최 성에 차는 문장이 떠오르질 않아
벌떡 자리에서 일어서는데
지나가던 초로의 남자가 다가와
두 손가락으로 달팽이를 조심스레 들어 올리더니
건너편 길가 풀섶 사이에 내려놓고는
다시 제 갈 길을 걸어가는 것이었다
그 사람의 등에 보이지 않는 높은 사원 하나
우뚝 세워져 있는 듯하여
나는 가만히 속으로 중얼거려 보았다

"사람은 무엇으로 사는가"

안부를 묻다

잠은 잘 잤냐고
밥은 먹고 다니냐고
아픈 곳은 없냐고
많이 힘드냐고
얼마나 걱정하는지 아느냐고

풀잎 같은 세상에
꽃잎 같은 사람들

행복하라고
부디 힘내라고

괜찮냐고

그리 괜찮지는 않지만
당신이 내게 걱정스런 목소리로
괜찮냐고 물어본다면
나의 슬픔과 아픔은 조금 괜찮아지리

그리 괜찮지는 않지만
당신과 내가 진심 어린 마음으로
괜찮냐고 물어본다면
우리가 사는 세상은 한 뼘 더 괜찮아지리

그것을 알기에
나는 늘 당신에게 물으리
괜찮냐고 별일 없냐고 아무렇지 않냐고

그렇게 묻는 것만으로도
누군가에게 힘과 위로를 줄 수 있다면
참 괜찮지 않냐고

참 잘했네 그려

살아 보니 조금은 분해도
참기를 잘했네 그려

살아 보니 조금은 억울해도
참기를 잘했네 그려

살아 보니 조금은 슬퍼도
참기를 잘했네 그려

살아 보니 조금은 힘들어도
참기를 잘했네 그려

살아 보니 그저 묵묵히 살아오기를
정말 정말 참 잘했네 그려

미움이 비처럼 쏟아질 때

미워하자면
장미에게도 가시가 있고
좋아하자면
선인장에게도 꽃이 있다

우산이 있는 사람은
비를 즐기고
우산이 없는 사람은
비를 원망하네

미움이 비처럼 쏟아지는데
마음을 지킬 우산 하나 없다면
빗속에 뛰어들어 몸을 적시지 말고
비가 멈출 때까지 기다려라

해 뜨고 푸른 날 찾아오면
어제 내린 비가 무슨 의미 있으랴
오직 미워할 일은 그러지 못하는 내 마음뿐

용서

나도 당신과
똑같은 실수를 할 수 있기에

어쩌면 당신보다
더 큰 실수를 할지도 모르기에

당신과 나는
불완전한 인간이기에

용서가 우리를 조금이나마
더 나은 존재로 만들어 줄 것이기에

용서 하나 갚겠습니다

생의 어느 날
사람에게 받은 상처를
용서하기 힘들 때

아버지,
당신에게 받은 용서 하나 갚겠습니다

어머니,
당신에게 받은 용서 하나 갚겠습니다

친구여,
그대에게 받은 용서 하나 갚겠습니다

생의 어느 날
사람에게 받은 상처를
용서하기 힘들어 잠 못 이룰 때

신이여,
당신에게 받은 용서 하나 갚겠습니다

행복의 길

당신이 행복하게 살았으면 좋겠다고
말해 주는 사람이 있다면
당신은 인생을 잘 산 것입니다

당신이 행복하게 살았으면 좋겠다고
말해 주고 싶은 사람이 있다면
당신은 인생을 더욱 잘 산 것입니다

그리고 행복은 그 때 찾아옵니다
당신이 자신의 행복보다는
누군가 다른 사람의 행복을 위해 기도할 때

사랑의 기쁨이 바로 그러하듯이

청춘의 체온

청춘의 가슴에
피 끓는 열정이 없다면
그가 누워야 할 곳은
침대가 아니라 무덤이다

청춘아,

몸의 체온은
37도를 유지하고
영혼의 체온은
100도를 유지하렴

청춘의 꿈

젊은이여,
꿈을 기다리지 말라

청춘의 꿈은
찾아오는 것이 아니라
발견하는 것
발견하는 것이 아니라
정립하는 것이다

자신의 인생에 대한
자주적인 인간의 독립 선언문
그것이 바로 청춘의 꿈이다

비 오는 날의 기도

비에 젖는 것을
두려워하지 않게 하소서

때로는 비를 맞으며
혼자 걸어가야 하는 것이
인생이라는 사실을 기억하게 하소서

사랑과 용서는
폭우처럼 쏟아지게 하시고
미움과 분노는
소나기처럼 지나가게 하소서

천둥과 번개 소리가 아니라
영혼과 양심의 소리에 떨게 하시고
메마르고 가문 곳에도 주저 없이 내려
그 땅에 꽃과 열매를 풍요로이 맺게 하소서

언제나 생명을 피워 내는
봄비처럼 살게 하시고
누구에게나 기쁨을 가져다주는

단비 같은 사람이 되게 하소서

그리하여 나 이 세상 떠나는 날
하늘 높이 무지개로 다시 태어나게 하소서

눈 내리는 날의 기도

이 세상 살아가는 동안 누구에게나
첫눈처럼 기다려지는 사람이 되게 하소서

한 송이 한 송이씩 떨어지지만
이내 뭉쳐 하나가 되는 사람

세상의 모든 상처와 잘못을
깨끗함으로 덮어 주는 사람

겨울의 깊고 어두운 밤마저
하얗게 빛으로 밝혀 주는 사람

눈사람처럼 홀로 서 있어도
묵묵히 겨울바람을 이겨 내는 사람

아이에게는 기쁨을 연인에게는 사랑을
어른에게는 추억과 행복을 가져다주는 사람

누군가 자신을 밟고 지나갈 때조차
뽀드득뽀드득 맑은 소리를 내는 사람

이 세상 떠나는 날 누구에게나
첫눈보다 아름다운 기억으로 남게 하소서

운명이 비켜 갈 때까지

나, 젊었던 날
운명이 비켜 가기를 바라며
서너 걸음 옆으로 몸을 옮긴 적 있었지

그리하여 결국
나, 운명과 마주쳤네

이제 다시 피하고 싶은 일 찾아온다면
곧바로 앞을 향해 걸어가리
운명이 나를 비켜 갈 때까지

누군가 물어볼지도 모릅니다

생의 마지막 날에
누군가 물어볼지도 모릅니다
몇 사람이나 뜨겁게 사랑하였느냐
몇 사람이나 눈물로 용서하였느냐
몇 사람이나 미소로 용기를 주었느냐

생의 마지막 날에
누군가에게 대답해야 할지도 모릅니다
시간을 낭비하지 않았습니다
사람을 가장 먼저 생각했습니다
세상을 아름답게 만들려 노력했습니다

생의 마지막 날에
아무도 묻지 않을지 모릅니다
그렇더라도 오직 한 사람,
당신 자신에게는 대답해야만 할 것입니다
나는 한 번뿐인 삶을
정녕 온 힘을 다해 힘껏 살았노라고

Ⅳ

오늘이라는 눈부신 시간을

별로 살아야 한다

별로 아는 것이 많지 않아도
별로 가진 것이 많지 않아도
별로 웃을 일이 많지 않아도
별로 사는 사람들이 있다

별로 살아야 한다

행복

별을 따려 하지 말 것

지금 지구라는
별에 살고 있다는 사실을 기억할 것

아깝다

화를 내는 시간이 아깝다
슬픔에 젖어 있는 시간이 아깝다
다른 사람을 비난하는 시간이 아깝다
지나간 일을 후회하는 시간이 아깝다
다른 사람이 가진 것을 부러워하는 시간이 아깝다
아직 다가오지 않은 일을 걱정하는 시간이 아깝다
모든 것은 흘러가고 다시 돌아오지 않으니
지금 이 순간이 참으로 아깝지 않은가
아까운 인생을 불행의 시간으로 흘려보내지 말라
불행을 선택하기에는 인생이 너무 짧다

새해

소나무는 나이테가 있어
더 굵게 자라고
대나무는 마디가 있어
더 높게 자라고
사람은 새해가 있어
더 곧게 자라는 것

꿈은 소나무처럼
푸르게 뻗고
욕심은 대나무처럼
가볍게 비우며
새해에는 한 그루
아름드리 나무가 되라는 것

2월 예찬

이틀이나 사흘쯤 더 주어진다면
행복한 인생을 살아갈 수 있겠니

2월은 시치미 뚝 떼고
빙긋이 웃으며 말하네

겨울이 끝나야 봄이 찾아오는 것이 아니라
봄이 시작되어야 겨울이 물러가는 거란다

3월이 오면

3월이 오면
나는 아직 얼어 있는 대지를
발로 쿵쿵 구르며 말하리
풀들이여, 일어나 봄을 맞으라

3월이 오면
나는 마른 나뭇가지를
손으로 톡톡 두드리며 말하리
잎들이여, 깨어나 봄을 맞으라

인생에선들 어찌 겨울 없으랴
길고 어둡고 차가운 눈보라의 날이 가고
마침내 3월의 첫날이 오면

애써 참고 견뎌 온
내 영혼에 입맞추며 말하리
꽃이여, 이제 활짝 피어나 봄을 맞으라

마음살이

마음먹는 대로 사는
인생 어디 있겠는가마는

세상살이
마음먹기 나름이라잖은가

마음에 드시는 게 아니라
마음을 드시는 거라네

햇살 같은 마음, 샘물 같은 마음
마음껏 드시면 되는 거라네

가장 큰 가난

곳간에 쌀이 아니라
마음에 햇살이 없는 것

밥상에 찬이 아니라
영혼의 창이 굳게 닫혀 있는 것

금고에 금이 아니라
사랑에 금이 가 있는 것

지갑에 돈이 아니라
주머니에 조약돌을 담아 본 적이 없는 것

이런 시를 읽을 시간이 없는 게 아니라
이런 시를 읽는 순간에도 입가에 미소가 떠오르지 않는 것

눈부시다는 말

눈부시다는 말
참 좋지요

비 갠 아침의 눈부신 햇살
은빛으로 반짝이는 눈부신 강물
풀잎 끝에 매달린 눈부신 이슬
해맑은 아이들의 눈부신 웃음
오늘이라는 눈부신 시간
사랑해라는 눈부신 고백

눈부시다는 말
참 눈 부시지요

반하다

반쯤 살아 보면 아는 것
빼앗길수록 커지는 기쁨도 있다는 것
빼앗겨야만 비로소 찾아오는 행복도 있다는 것

가난한 마음아
우리가 욕심을 부려
두 손에 잔뜩 움켜쥐지 말고
꽃에 반해 살자
햇살에 반해 살자
별빛에 반해 살자

가난한 마음아
우리가 기꺼이 마음을 빼앗겨
푸른 하늘에 반해 살자
저녁 노을에 반해 살자

소금꽃

소금 한 됫박
가슴에 담아 두고
어머니 국 간을 맞추듯
세상에 슬금슬금 뿌리면 될 줄 알았는데
산다는 거 염전 하나 일구는 일이더라

바다 열 마지기만큼
눈물을 끌어모아
햇볕 바람 한 점 없는 날에도
소금꽃 활짝 피우는 일이더라

소금 한 말로도
상한 마음 아물지 않아
살아온 날은 맹맹하고
살아갈 날은 간간하게 느껴질 때
소금꽃 더욱 굵게 피우는 일이더라

국수

희고 동그랗고 부드러워

가난한 입맛에 착 착 달라붙고

붙잡는 사람 하나 없는 아리랑 고개처럼

쏙 쏙 목구멍을 넘어가면

초승달처럼 꺼졌던 배가 보름달처럼 부풀어 올라

주름진 얼굴에도 웃음꽃 함박 피어나는데

기실은 국수도 못 되어 국시로나 불리고

국시도 못 되어 국시꼬랭이로나 떨어져 나와

한 숟가락도 안 되는 수제비로 끝나려는지

솥뚜껑 위에서 구워져 아이들 군것질로 끝나려는지

삶이 잔치가 맞기는 맞는지

내 몸은 또 얼마나 희고 동그랗고 부드러운지

잔치국수 한 그릇을 먹으며 희멀건한 생각을 해 보는데

그래도 뜨끈뜨끈한 것이 들어가니 뱃속은 든든하였다

그러면 되았지 싶었다

그냥 살라 하네

푸른 하늘 흰 구름이
그냥 살라 하네
기쁘면 웃음짓고
슬프면 눈물짓고
감당치 못할 큰 의미일랑 두지 말고
그냥 살라 하네

아침바람 저녁노을이
그냥 살라 하네
사랑이 찾아오면 사랑하고
이별이 찾아오면 이별하고
가장 짧은 순간들을 소중히 여기며
그냥 살라 하네

비바람 눈보라가
그냥 살라 하네
젖으면 젖은 대로
추우면 추운 대로
이 또한 멋진 여행이라 생각하며
그냥 살라 하네

내 가슴 속 뛰는 심장이
그냥 살라 하네
따뜻이 손 마주 잡고
다정히 눈 바라보며
가진 것 없어도 부러움 없을 사람과
그냥 살라 하네

하루쯤

1년에 하루쯤은
아침부터 저녁까지
그저 웃기만 해도 좋을 일이다

1년에 하루쯤은
만나는 사람들에게
그저 따뜻한 말만 건네도 좋을 일이다

그래도 364일,
마음껏 아파하며 슬퍼할 수 있고
마음껏 투덜거리며 화낼 수 있으니

1년에 하루쯤은
상처와 눈물 모두 잊어버리고
그저 감사만으로 살아도 좋을 일이다

언제나 그 하루를
내일이나 모레가 아닌 오늘로 만들며
365일 중 하루쯤, 하며 살아도 좋을 일이다

별에 당첨되다

목구멍에 풀칠하는 일을
염려하다가
자동차에 모셔 두곤 까맣게 잊어버린
지지난 주 로또가 머릿속에 떠올라
열두 시도 넘은 밤
아파트 주차장에 내려왔는데
무심코 바라본 밤하늘엔
로또 상금보다 많은
별들이 떠 있었다

마음이 깊이 생각하기를
별이 로또로구나
꽃이 햇살이 바람이 노을이
로또로구나

이 엄동설한의 겨울밤에
저 먼 우주의 별을 바라보게 해 준
나의 목구멍 풀칠에 대한 염려가
바로 로또로구나

아무래도 꿈같기는 하여
당첨액이 얼마나 되는지
새벽까지 몇 번이고 별을 세어 보았다

하동에서 쓰는 편지

아우야,
나는 너무 긴 세월을
허둥거리며 살았구나

이번이 막차라는 듯
놓치면 다시는 올라탈 수 없다는 듯
허둥지둥 살았구나

이제사 돌아보면
생의 모든 걸음이 허방인 것을
한 발도 헛디디지 않겠다며
두 눈 부릅뜨며 살았구나

아우야,
나는 이제 남은 날들을
하동거리며 살련다

지리산 기슭에 누워
벚꽃 매화 이불 덮고
섬진강 모래톱에 앉아

무너져도 슬픔 없을 성을 쌓다가
저녁 무렵 남해로 걸어 들어가는 해를 보며
한 수 잘 배웠네, 술잔 기울이련다

평사리 들녘이
금빛에서 은빛으로 바뀌는 날
지난 봄 갓 딴 찻잎을 끓여 마시며
하동포구 눈 쌓이는 소리에 흠뻑 취해

아우야,
우리가 한 번은
하동거리며 살아야 하지 않겠느냐

수험생, 학부모님께

안녕하세요. 양광모 시인입니다. 그동안의 노고에 깊은 위로와 큰 박수를 보내드립니다. 정말 수고 많으셨습니다! 저는 이번 수능시험에 졸시 「가장 넓은 길」의 일부가 필적 확인 문구로 인용되는 기쁨과 영광을 얻었습니다.

'가장 넓은 길은 언제나 내 마음속에'

이 시구를 읽고 눈물을 왈칵 쏟았다는 수험생들과 학부모들의 글을 읽으며 저 또한 뜨거운 눈물을 쏟았습니다. 보잘것없는 문장에 눈물을 흘릴 만큼 여전히 세상은 힘겹고, 춥고, 서럽구나 싶었습니다. 그런 사람들에게 제가 인생을 살아오며 느낀 몇 가지 경험을 전하고 싶어 부끄러움을 무릅쓰고 이 글을 쓰게 되었습니다. 짧은 생각이니 너그러이 읽어 주세요.

저는 대학입학시험에 4수를 하였습니다. 첫 번째 시험에서 낮은 성적을 받았고, 적성과는 무관하게 입학한 토목공학과를 1학기 만에 중퇴하였습니다. 그 이후로 5년에 걸쳐 세 번의 시험을 치렀습니다. 마지막 시험은 군 복무 중이라 1주일 전까지 휴가증을 받지 못해 가슴을 졸이기도 하였습니다. 사회에 나와서는 짧은 직장 생활 끝에 IMF, 벤처 폭락, 경영 능력 미숙 등의 이유로 3번의 사업을 실패하였습니다. 세상을 바꿔 보겠다는 열정으로 출마한 지방자치 선거에서 2번을 낙선하였습니다. 그런 경험을 통해 저는 아래와 같은 말씀을 드리고자 합니다.

첫째, 괜찮아도 됩니다.

실패는 고통스럽습니다. 뼈아픈 후회와 눈물을 안겨 줍니다. 그렇지만 인생은 한두 번의 실패가 평생을 좌우하지 않습니다. 앞으로 남은 60~80년의 인생에 있어 오늘의 실패는 그저 몇 푼 남짓한 수업료에 불과할 뿐입니다. 세월이 지나면 알게 될 것입니다. 그때 하늘이 무너지는 것처럼 느껴졌던 일들이 사실은 그다지 별일 아니었다는 것을. 오늘의 작은 실수를 내일의 큰 실패로 만들지 마세요. 지금 괜찮지는 않겠지만, 괜찮아도 됩니다.

둘째, 미래를 사랑하세요.

미래는 공중에 던져진 주사위와 같습니다. 어떤 숫자가 나올지는 아무도 모릅니다. 저 또한 50살이 되던 해에 문득 시인의 길로 들어서게 되었습니다. 20대 초반 이후 시인이 되리라고는 단 한 번도 생각해 보지 않았는데 말이죠. 그것이 바로 인생입니다. 설사 자신이 원하지 않는 숫자가 나와도 괜찮습니다. 10여 차례에 가까운 좌절을 겪었지만, 그 시절의 고통과 슬픔이 저를 시인으로 만들어 주었고 사람들이 공감하는 시를 쓸 수 있는 든든한 밑거름이 되었습니다. 잊지 마세요. 오늘 겪는 아픔이 내일 더 큰 행복으로 돌아올 수도 있는 게 인생이라는 사실을. 미래를 걱정하지 말고, 미래를 사랑하세요.

셋째, 내가 피우고 싶은 꽃을 피우세요.

인생은 나만의 색, 나만의 향기를 지닌 꽃을 피우는 일입니다. 장미꽃을 피우고 싶다면 누군가 국화를 피우라고 말해도 절대로 귀 기울이지 마세요. 재능과 소질이라는 단어를 믿지 마세요. 저는 30년에 가까운 세월 동안 단 한 줄의 시도 쓰지 못했습니다. 오히려 "나는 문학적 재능도 없고, 시적 감수성도 모두 고갈되었구나."라며 탄식하였습니다. 그런데 지금은 스무 권의 시집, 1,500편이 넘는 시를 쓴 시인이 되었습니다. 자신이 원하는 꽃을 피우며 살아가는 것, 그것이 인생에서의 진정한 행복입니다.

수험생, 학부모 여러분!

인생과 미래는 놀랍고 신비로운 것입니다. 그것은 우리의 상식, 고정관념을 뛰어넘는 것입니다. 재능, 소질, 불가능, 한계, 현실…. 이런 단어는 모두 잊어버려야만 합니다.

만약 살아가는 동안 자신의 인생이 놀랍고 신비롭지 않다면 그때 해야 할 일은 오직 한 가지뿐입니다.

여러분의 인생을 깜짝 놀라게 만드세요!

여러분의 미래를 더욱 뜨겁게 사랑하세요!

따뜻한 사랑을 담아, 행운을 빕니다!

– 2023. 11. 17. 〈중앙일보〉 게재

청춘을 다독이는 일상의 언어

가장 넓은 길은 언제나 내 마음속에

초판 1쇄 발행 2023년 12월 22일
지은이 양광모
펴낸이 김선기
펴낸곳 (주)푸른길
출판등록 1996년 4월 12일 제16-1292호
주소 (08377) 서울시 구로구 디지털로 33길 48 대륭포스트타워 7차 1008호
전화 02-523-2907, 6942-9570~2
팩스 02-523-2951
이메일 purungilbook@naver.com
홈페이지 www.purungil.co.kr

ISBN 978-89-6291-083-4 43810